LE POTAGER,

ESSAI DIDACTIQUE.

LE POTAGER,

ESSAI DIDACTIQUE;

PAR J. B. LALANNE.

. . . . Cui pauca relicti
Jugera ruris erunt.
VIRG. *Georg. lib.* IV.

PARIS,

CHEZ LES MARCHANDS DE NOUVEAUTÉS.

AN VIII. — 1800.

AVANT-PROPOS.

Je publie cet Essai dans un temps où les jouissances du plus grand nombre des propriétaires, singulièrement diminuées par le malheur des circonstances, se trouvent resserrées dans des limites étroites, telles que celles d'un potager. Puissent ces idées, jetées sans prétention sur le papier, leur faire trouver moins amer le souvenir de ce qu'ils ont perdu ! puisse ce petit poème faire éprouver à ceux qui le liront, la centième partie du plaisir que j'ai ressenti en le composant !

DIALOGUE

Entre la Critique et le Poète.

LA CRITIQUE.

Tout est vain; rien ne peut t'en faire départir :
Eh bien! imprime donc : mais crains un repentir.
Tu vas, en produisant ta muse légumière,
Mettre ton ridicule et ta honte en lumière.

Alors que de rimer tu formas le projet,
Ne pouvais-tu choisir un plus noble sujet?
Car d'écrire, en grands vers, les soins du jardinage,
L'entreprise est d'un fou.

LE POÈTE.

L'entreprise est d'un sage.
Nos goûts font nos talens : tout rimeur ne peut pas
Chanter, sur un haut ton, la gloire et les combats;
Prendre l'essor lyrique; ou, sous l'œil d'Uranie,
Des astres révéler la pompe et l'harmonie.
L'aigle altier, dans son vol invisible à nos yeux,
Voit en pitié la terre et se perd dans les cieux.
Le pigeon familier, et plus heureux peut-être,
Ne s'éloigne jamais du toit qui l'a vu naître.
Comme lui, d'un long cours redoutant le danger,
Je borne mon audace à l'humble potager;
Et, quel que soit l'accueil qu'on réserve à ma muse,
J'écris pour mon plaisir, et du moins je m'amuse.

LA CRITIQUE.

Fort bien : mais le public est las de ces auteurs
Qui s'amusent ainsi de l'ennui des lecteurs.
L'orgueil, en manuscrit, s'extasie et s'engoue :
La presse le détrompe, et le rimeur échoue.
Je redoute pour toi cet éclat dangereux
Dont va s'enluminer ton essai malheureux.
La carotte, le chou, noms que le goût rejette,
Avaient, jusqu'à ce jour, effrayé le poète :
Ces légumes, qu'en vain tu prétends illustrer,
Sont, tout au plus, crois-moi, dignes de figurer
Dans *la Maison rustique* ou dans *la Quintinie*.

LE POÈTE.

Je veux croire en effet, qu'ingrats à l'harmonie,
Quelques noms malheureux, d'anathême frappés,
Se parent, dans mes vers, de titres usurpés :
Mais si tel mot n'est point poétique et sonore,
Il me rappelle un mets dont ma table s'honore.
L'oseille, le porreau, que j'aurais négligés,
Par quelque bon plaisant (1) seraient bientôt vengés.
Bannis de leur séjour, ces légumes peut-être,
Redemandant leurs droits, qu'on ose méconnaître,
Viendraient, en plein Parnasse, accusateurs diserts,
Du reproche d'oubli réprimander mes vers.
Toutefois, de ces noms voués à la bassesse,
Et Vanière et Rapin ont charmé le Permesse (2);
Et Virgile, avant eux, ne fut-il pas tenté
D'embellir le sujet que ma muse a chanté ?

LA CRITIQUE.

Tu parles d'une langue exempte de scrupule,
Où tout mot s'ennoblit, où nul n'est ridicule :
L'exemple est dangereux. Le Parnasse français
Pourrait (peut-être encore) avouer tes essais,
Si dans ton œuvre au moins l'adresse poétique
Eût su donner le change au dégoût didactique,

---

(1) Allusion au dialogue du chou et du navet, par M. B.....
B.....

(2) L'un dans son *Prædium rusticum*, au livre intitulé *Olus* ;
l'autre dans son poëme des Jardins. Je ne parle point de l'abbé
Delille, dont la magnificence poétique répond si bien à la magnificence des jardins qu'il a chantés.

Et, par un tour heureux, noblement exprimer
Ce qu'Apollon réprouve et défend de nommer.
Chez nous la bienséance asservit le langage ;
Et c'est par-là que vit et prospère un ouvrage.

LE POÈTE.

Non, non : on a beau dire; et mon vers circonspect
Ne sera point ingrat, à force de respect.
Le navet, sur ma table, avec un air d'emphase,
Vient-il enveloppé dans une périphrase ?
Et faut-il, en tout sens, tourmenter mon esprit
Pour déguiser le chou, le chou qui me nourrit ?

LA CRITIQUE.

Ma remontrance est vaine, et ton orgueil s'irrite :
Adieu. C'est ainsi, tous, qu'il faut que je les quitte.
Les auteurs avec moi ne sont jamais d'accord :
Ils ont toujours raison, et la Critique a tort.

ARGUMENT.

Début. Clôture; labours; engrais; semailles. Site héréditaire. Vue des bords de la Loire. Peinture des grandes landes de Bordeaux. Les asperges. Supériorité du potager sur les bois. Description des différens légumes, du chou en particulier. Les chenilles, les taupes, l'herbe, fléaux du potager. Le travail, ressource de l'homme dans le malheur. Episode. Décoration modeste du potager. Cabinet de laurier. Tonnelle. Arrosement. Le grand Condé à Chantilly. Les arbres fruitiers. Les entes. Le verger en rapport. Le tournesol, cadran champêtre. Bonheur du jardinier. Epilogue.

LE POTAGER.

Deux rivaux, que chérit la muse didactique (1),
Ont paré, tour-à-tour, du luxe poétique,
Des jardins fastueux, un immense verger.
Moi, faible et jeune encore, au Parnasse étranger,
Interprète nouveau des regrets de Virgile (2),
Je viens venger l'affront du potager utile.
Loin donc, loin de mes vers, comme de mon séjour,
Ces montagnes d'hier, ces ruines d'un jour.
Faut-il, pour en jouir, mutiler la nature?
Oh! que j'aime bien mieux un aspect de culture!
Qui possède le plus, souvent jouit le moins.
Le riche a des désirs, le pauvre a des besoins.
Pauvres, contentez-vous de votre humble partage;
La médiocrité fait le bonheur du sage:

---

(1) Delille, auteur des *Jardins*; Fontane, auteur du *Verger*.

(2) Il est impossible de douter que Virgile, au quatrième livre de ses Géorgiques, n'ait eu principalement en vue le potager; puisqu'après avoir élégamment nommé la chicorée, le persil, le concombre, toutes plantes de jardinage, les premières plantations qui frappent ses yeux dans l'enclos du vieillard du Galèze, sont des légumes. *Hic rarum tamen in dumis olus.*

D'après le peu d'ornemens dont il est question dans ce charmant épisode, ornemens qui se réduisent à quelques arbres alignés, on doit croire que Virgile, au lieu d'embellir les jardins fastueux de Lucullus, se serait attaché à fertiliser le domaine de la médiocrité.

Un dieu la fit éclore avec le genre humain.
Avant d'avoir des parcs, l'homme avait un jardin.
Je veux que tout soit simple en un sujet champêtre :
Point d'art. Le potager doit offrir à son maître
Les besoins satisfaits, non les goûts ruineux.
Entourez votre enclos d'un rempart épineux.
Qu'est devenu ce temps dont nous pleurons l'absence,
Où l'homme en paix vivait sans crainte et sans défense?
De ces murs importuns l'immobile blancheur,
En fatiguant mes yeux, resserre aussi mon cœur.
Méchans, isolez-vous ; je veux voir mes semblables.
Des sites d'alentour les aspects agréables
Vous donnent des plaisirs sans frais, sans embarras :
Sachez donc jouir, même en ne possédant pas.
Ce hameau qui, de loin, sur la plaine domine,
Semble, exprès pour vos yeux, bâti sur la colline :
Ce rossignol plaintif, au ramage si doux,
N'habite point vos bois ; mais il chante pour vous.
Le sort, de votre enclos borne en vain l'étendue :
Votre enclos ne finit qu'où se perd votre vue.
Si vous avez choisi l'uniforme plateau,
Que vos carrés pareils s'alignent au cordeau :
Le côteau vous plaît-il ? un sentier qui serpente
Du terrain montueux doit adoucir la pente.
Ecoutez mes leçons ; et, la bèche à la main,
Deux fois, de votre enclos, l'hiver fouillez le sein.
La terre ainsi couvrant la glèbe où l'herbe abonde,
S'échauffe aux feux du jour, boit l'air qui la féconde ;
Et, s'ouvrant aux rayons d'un soleil printanier,
Recevra dans ses flancs l'espoir du jardinier.
Toutefois, résistant à votre impatience,
N'allez pas au hasard répandre la semence.

C'est peu qu'en un terrain le fer soit enfoncé :
Le meilleur sol languit s'il n'est point engraissé.
Avez-vous pour domaine une argile tenace ?
Les sels de la brebis en divisent la masse.
N'avez-vous qu'une arène et qu'un sable léger ?
Ne l'abandonnez point ; on peut le corriger :
Que l'humide litière, où s'étend la genisse,
De ses sucs onctueux le mouille et le nourrisse.
Couvrez un sol, d'argile et de sable mêlé,
Du chaume que, la nuit, les coursiers ont foulé.
De ces riches engrais la terre pénétrée,
Aux germes qu'elle attend est enfin préparée.
Que la semence alors, tombant de votre main,
Par mouvemens égaux s'échappe ; et que soudain
Le râteau symétrique, aux pointes rapprochées,
Se promène en tout sens sur les graines cachées.
Souvent il faut qu'au gré d'un long cordeau tendu,
Avec le fer tranchant le terrain soit fendu ;
Et qu'en sillons pareils, de distance en distance,
Votre main économe enferme la semence
De ces grains qui, divers et d'espèce et de nom,
Rendront, sous le fléau, leur sonore moisson (3) :
Tels sont la féve altière, à la cosse alongée,
Et le pois qui garnit la rame surchargée.
Mais, n'allez pas sur-tout, renversant les saisons,
De l'été, dans l'hiver, faire éclore les dons.
Ces couches, près d'un mur, à grands frais élevées,
N'échauffent qu'à demi des tiges énervées :
Ce melon sans couleur, sous la cloche hâté (4),

---

(3) *Sylvamque sonantem.* Virg Georg. liv. I.

(4) Dans les contrées du midi, et du pied des Pyrénées aux bords de la Loire, le melon mûrit parfaitement en pleine terre.

Attriste mon regard de son fruit avorté ;
Qui, mûri du soleil, sans le secours du verre,
De ses bras tortueux embrasserait la terre.
La nature indignée ouvre à regret ses flancs
Aux fruits que sur l'automne usurpe le printemps :
Chacun en sa saison tour-à-tour doit éclore ;
Que Pomone ait septembre, et que mai soit à Flore.
Habitans, qui du nord éprouvez le courroux,
Ma muse, en vous plaignant, ne chante pas pous vous ;
Et de notre midi les heureuses contrées,
D'un ciel plus indulgent sont toujours éclairées.
Avançons vers le but où s'adressent nos pas ;
Et, sans vous égarer de climats en climats,
Que votre ambition se borne à bien connaître
Le sol héréditaire où le ciel vous fit naître :
Vos pères y sont morts. Heureux, sur-tout heureux,
Qui cultive un jardin reçu de ses aïeux,
Sur ces côteaux charmans, embellis par la Loire !
O bords chéris, toujours présens à ma mémoire,
Où la nature, riche en sa variété,
D'elle-même féconde, à l'art n'a rien coûté !
Là, tout est simple et beau ; là, tout rit, tout enchante :
Le ciel est plus serein, l'onde plus transparente.
Là, rampe le melon ; là, fleurit le verger ;
Là, plus utile encor, s'étend le potager :
De riantes maisons, dans le rocher percées,
Verdissent au-dehors, de pampres tapissées ;
Et ce long mur, ainsi du soleil défendu,
Semble, le long du fleuve, un vert rideau tendu (5).

---

(5) Tel est le spectacle qu'offrent les bords de la Loire du côté de Tours.

Non loin de ces côteaux, qu'un ciel si doux éclaire,
Quelques sites heureux pourraient encor vous plaire,
Aux bords où vers la Sarthe (6), en un charmant vallon,
Le Loir (7) penche à regret et son urne et son nom ;
Et, partageant son cours, environne l'enceinte
Où du meilleur des rois erre encor l'ombre sainte.
Quand je quittai ces lieux, de son premier coton
L'adolescence à peine ombrageait mon menton ;
Hélas! et sans pitié, le temps, que rien n'arrête,
De deux lustres depuis a surchargé ma tête!
Ecole des vertus, des mœurs et des talens,
Puisse ton souvenir égayer mes vieux ans!
Et lorsque je revis l'asile de mes pères,
Ces déserts effrayans, immenses, solitaires (8),
Que bornent vers les mers la Garonne et l'Adour (9);
Berceau de mon enfance et mon premier séjour;

---

(6) Rivière qui prend sa source dans le Perche, à deux lieues de Mortagne, et se jette dans la Mayenne au-dessus d'Angers.

(7) Autre rivière, qui commence aussi dans le Perche, et qui passe à la Flèche; c'est de cette ancienne maison d'éducation, fondée par Henri IV, que j'ai voulu parler.

(8) Les grandes landes de Bordeaux. Elles s'étendent sur une surface d'environ quarante lieues en tout sens. Ceux qui ont traversé ces déserts, ne trouveront aucune exagération dans cette peinture.

(9) L'Adour est un des petits fleuves de France. Il prend sa source dans les Pyrénées, auprès de la belle vallée de Campan, que Ramond a si bien décrite. Les personnes qui n'ont point les observations de ce voyageur sur les Pyrénées, ne seront peut-être pas fâchées de trouver ici cette description.

« Deux vallons, dont le premier descend du Tourmalet, et » l'autre des montagnes de la vallée d'Aure, se perdent au » bourg de Sainte-Marie, dans la vallée de Campan. Chacun de

Lorsque je traversai cette aride étendue,
Je cherchai vainement où récréer ma vue.
La nature immobile, en un morne repos,
Y dort dans la stupeur, muette et sans échos.

» ces vallons y apporte le tribut de son torrent; et l'Adour, » formé de leurs eaux confondues, après avoir baigné les riches » prairies de cette vallée, rencontrant à Bagnères les plaines de » la Bigorre, comme charmé des contrées qu'il abandonne, et » de celles qu'il va parcourir, semble lutter, par ses longs cir- » cuits, contre la commune destinée des fleuves; lorsque ren- » contrant le Gave à Baïonne, né à côté de lui, il s'engloutit » avec lui dans les gouffres de l'Océan.

» Je ne peindrai point cette belle vallée qui le voit naître, » cette vallée si connue, si célébrée, si digne de l'être; ces » maisons si jolies et si propres, chacune entourée de sa prairie, » accompagnée de son jardin, ombragée de sa touffe d'arbres; » les méandres de l'Adour, plus vif qu'impétueux, impatient de » ses rives, mais en respectant la verdure; les molles inflexions » du sol, ondé comme des vagues qui se balancent sous un vent » doux et léger; la gaieté des troupeaux et la richesse du berger; » ces bourgs opulens formés, comme fortuitement, là où les » habitations, répandues dans la vallée, ont redoublé de proxi- » mité; Bagnères, ce lieu charmant où le plaisir a ses autels à » côté de ceux d'Esculape, et veut être de moitié dans ses mira- » cles, séjour délicieux, placé entre les champs de la Bigorre et » les prairies de Campan, comme entre la richesse et le bon- » heur; ce cadre enfin, digne de la magnificence du tableau; » cette fière enceinte, où la nature oppose le sauvage au cham- » pêtre; ces cavernes, ces cascades, visitées par tout ce que la » France a de plus aimable et de plus illustre; ces roches, trop » verticales peut-être, dont l'aridité contraste avec la parure de » ces heureuses vallées; ce pic du Midi suspendu sur leurs tran- » quilles retraites, comme l'épée du tyran sur la tête de Damo- » clès...., menaçans boulevarts qui me font trembler pour » l'Elysée qu'ils renferment ».

Le silence et la mort couvrent ce lieu sauvage;
Pas un seul arbrisseau n'y prête son ombrage.
Vous avancez au loin; rien ne s'offre à vos yeux,
Qu'un sable étincelant et la voûte des cieux:
Seulement quelques pins, à la sombre verdure,
Noircissent de leur deuil, le deuil de la nature;
Et d'insectes volans les essaims affamés,
Abreuvent dans le sang leurs dards envenimés.
La Douse (10) aux flots tardifs, sur une noire arène,
Dans son urne indolente, en dormant, s'y promène.
Quelques bergers épars, habillés de toisons,
Au centre du désert ont bâti leurs maisons.
Sur des supports de bois, où leur taille s'alonge,
Leur corps altier se meut, leur regard au loin plonge (11).
L'étranger qui les voit y cherche des humains:
Ils traversent les eaux, franchissent les ravins;
Et de ces longs déserts difformes Polyphêmes,
Font paître des troupeaux moins sauvages qu'eux-mêmes.
Affamés de butin et de rage écumans,
Les loups poussent au loin d'horribles hurlemens.
Malheur au voyageur perdu dans la nuit sombre!
Ils ont senti sa trace, ils se pressent en nombre,

---

(10) Rivière qui prend sa source dans les grandes landes, à la Bastide, sur les confins de l'Armagnac, et qui se jette dans l'Adour.

(11) J'ai voulu parler de ces espèces d'échasses sur lesquelles les bergers du pays se juchent, et qui leur servent tant à traverser les marais et les flaques d'eau, qu'à veiller de loin sur leurs troupeaux. Ils se tiennent et marchent avec une merveilleuse adresse sur ces jambes de bois, longues ordinairement de trois à quatre pieds; et ramassent même, sans les quitter, une pièce de monnaie qu'on leur jette dans le sable.

Ils l'atteignent ; hélas! il se débat en vain :
Ses entrailles déjà sont en proie à leur faim.
Ces lieux sont effrayans; mais ces lieux m'ont vu naître :
Mon asile me plaît; ici je suis le maître.
Douce propriété, par qui tout s'embellit!
Mais aux antres du nord l'hiver s'ensevelit :
Avril renaît; déjà votre semence entr'ouvre
Et peint d'un vert léger le terreau qui la couvre.
De l'aspect du printemps votre œil est réjoui.
La féve a déployé son germe épanoui ;
Près du pois étalant sa fleur éblouissante,
L'humble persil étend sa feuille verdoyante ;
On voit, à rangs pressés, s'alonger le porreau :
La citrouille isolée a franchi son berceau;
Ses tiges, en rampant, vont s'accrocher, se joindre ;
Et l'asperge précoce a commencé de poindre.
Des bienfaits de la terre aimable messager,
Salut, légume heureux, honneur du potager!
Ne nommer que ton nom, c'est te faire une injure :
Je deviens ton poète et chante ta culture.
D'abord, que le terrain à vos plants destiné
Soit, en larges ravins, par le fer sillonné.
De terreau, dans le fond, une couche étendue
Doit remplacer la terre, aux deux bords suspendue ;
En espaces égaux, il faut, dans ces chemins,
Couvrir, en les pressant, ces touffes aux cent mains,
Filamens chevelus, innombrables racines :
Le germe y dort, s'enterre et sort de ces ruines.
A peine le soleil a vingt fois fait son tour;
L'asperge impatiente arrive et voit le jour,
Peuple de mille jets ses longues avenues,
Et fait jaillir l'essor de ses tiges menues.

Respectez leur jeunesse ; attendez tout du temps :
L'acier n'y doit toucher qu'au troisième printemps,
Alors qu'avec lenteur la sève vigoureuse,
A loisir a nourri sa plante savoureuse.
Lorsque, vers son déclin, de ses charmes flétris
La nature à l'automne a cédé les débris,
Sur vos chers nourrissons, la terre, chaque année,
Au lieu dont elle sort doit être ramenée.
Autre temps, autre soin. Au mois où le belier
Jadis ouvrait l'année (12), et marchait le premier,
Pour briser la prison où l'hiver les enserre,
La bèche, sur vos plants, doit remuer la terre ;
Le germe, à peine éclos, en tiges s'est dressé :
On le voit croître ; il croît : le sol est hérissé.
Tels autrefois d'un champ peuplèrent la surface
Ces guerriers dont Cadmus ensemença la race :
D'abord casques naissans, bustes demi-formés,
Grandissant tout-à-coup, soudain soldats armés.
De l'asperge, à trois ans, a fini la culture :
Du fruit de vos travaux jouissez sans mesure.
Seulement, chaque automne, au neuvième des mois,
Des rameaux superflus retranchez le vain poids.
Labourez avec soin, quand l'hiver recommence,
Le sol où du printemps repose l'espérance ;
Et, d'un fer circonspect, vers ce même printemps,
Des chaînes de l'hiver affranchissez vos plants.
O vous ! qui dans des parcs, avec magnificence,
Promenez à grands frais l'ennui de l'opulence ;
De ce faste orgueilleux descendez un instant :
Dans l'humble potager le plaisir vous attend.

---

(12) Le mois de mars.

Ces dédales obscurs, ces tristes avenues,
Ces bois inanimés qui dérobent les nues,
Et dont la sombre horreur repousse l'œil du jour,
Qu'offrent-ils à vos sens? l'uniforme retour
Du bourgeon printanier, de la feuille flétrie.
Voyez mon potager; il respire la vie.
L'hiver se traîne en vain, de frimas surchargé:
Autour de moi tout meurt; ici, rien n'est changé.
L'été vient; tout languit: il pleut; tout se répare.
La nature, toujours riche et jamais avare,
Me prodigue ses dons, sous mes pas reverdit.
Du chou que j'ai planté mon regard s'applaudit.
  Jouissons; il est temps: parcourons ces allées.
Que de beautés en foule à mes yeux étalées!
Devant moi l'artichaut, sur sa tige dressé,
S'élance, pourpre ou vert, de ses dards hérissé;
Quelquefois sans défense à la main s'abandonne,
Et son fruit plus chéri se dessine en couronne (13).
La laitue, à côté, s'alonge et s'étrécit (14):
Sa feuille, ailleurs ployée, en globe se durcit (15).
Ici la chicorée, étendue en bordure,
Sous un lien de jonc voit pâlir sa verdure.
Là, le melon mûrit sur la terre couché.
Sous son feuillage en vain le concombre est caché;
A sa tige, en naissant, quelquefois je l'arrache (16):
Souvent, en sa saison, j'attends qu'il se détache (17).

---

(13) L'artichaut couronné.
(14) La laitue romaine.
(15) La laitue pommée.
(16) Le cornichon.
(17) Le concombre en maturité.

La citrouille rampante, en son obscur séjour,
De son ventre élargi voit s'enfler le contour ;
Et ces féves, plus loin, par les vents balancées,
Ont distrait, de leur bruit, mes rêveuses pensées.
 Légumes nourriciers, oui, de vos noms divers,
Si Phébus m'avouait, j'embellirais mes vers.
A ces noms ennoblis accoutumant l'oreille,
Ma muse vengerait le persil et l'oseille.
Peut-être, en ma faveur, le dédain désarmé
Sourirait dans mes chants au cerfeuil parfumé ;
L'ail aux sucs irritans, l'épinard salutaire,
Au censeur délicat pourraient ne point déplaire ;
Le navet, dont l'Auvergne ensemence ses monts,
Paraîtrait hardiment sans craindre les affronts.
La carotte offrirait sa racine dorée ;
Et je peindrais la plante à Memphis adorée (18).
Le chou même, le chou, parure de mes vers,
Braverait le mépris, ainsi que les hivers.
 Mets de la pauvreté, luxe de la richesse (19),
Je dirai tes faveurs renaissantes sans cesse.
Je crains peu d'offenser un goût trop délicat :
Blesser le goût n'est rien ; le pis est d'être ingrat.
 Le chou, divers de nom, de couleur et de forme,
Tantôt, de toutes parts, étend sa feuille énorme (20) ;
Sur sa tige tantôt, supporte, sans fléchir,
Sa tête (21), doux fardeau que le temps vient blanchir.

---

(18) L'oignon, adoré chez les Egyptiens.

(19) Le chou, nourriture du pauvre, sur-tout dans mon pays, ne paraît sur la table du riche que comme mets de luxe.

(20) Le chou vert ordinaire.

(21) Le chou pommé.

Là, comme un jeune lis que le verre emprisonne,
Son sein, en fleurissant (22) d'un bouquet se couronne.
Ici, s'environnant d'innombrables sujets,
Tel qu'un roi sous la pourpre (23), il domine ses jets;
Et, né delà les monts voisins de ma patrie (24),
Garde dans nos climats la fierté d'Ibérie.
Mais, hélas! et les biens et les maux rassemblés,
Par égale mesure ici bas sont mêlés!
Souvent en longs essaims, sur ce tendre feuillage,
La chenille se traîne et porte le ravage;
Et le chou, n'offrant plus que de hideux débris,
Semble pleurer l'affront de ses honneurs flétris.
Telle, atteinte du mal qu'en soi tout homme enferme,
Et qu'aux flancs maternels nous puisons dans son germe (25),
Honteuse d'elle-même et craignant de se voir,
La jeune fille pleure, et voile son miroir.
Il est des jardiniers qu'on voit, pour s'en défendre,
Sur cet insecte impur faire pleuvoir la cendre.
Remède infructueux : il ne meurt point; il fuit.
Ni trève ni quartier à l'ennemi qui nuit.
Sévissez; de rigueur armez votre justice :
Qu'écrasé sous vos doigts, il trouve son supplice.
Par fois s'ouvrant à l'ombre un tortueux chemin,
La taupe, en serpentant, soulève le terrain.
Epiez son séjour; que votre main y plonge
Ce piége dont la forme en tube creux s'alonge.

---

(22) Le chou-fleur.
(23) Le brocoli violet d'Espagne.
(24) Les Pyrénées.
(25) La petite vérole.

Elle entre, un ressort cède; et soudain ramené,
Emprisonne, en tombant, le captif étonné.
Il est un ennemi plus redoutable encore :
La terre le fait naître; ingrat! il la dévore.
Enfant dénaturé, l'herbe étouffe vos plants :
Ils ont pourtant puisé la vie aux mêmes flancs.
Vos tiges vont mourir : c'en est fait; l'herbe altière
Usurpe insolemment la sève nourricière,
Et par la force enfin, seul droit des oppresseurs,
Des bienfaits maternels déshérite ses sœurs.
Hâtez-vous : que le fer, sévère avec prudence,
D'un si grand attentat réprime la licence.
Il vous faut préparer à des efforts sans fin;
L'herbe indomptable croît, et lasse votre main :
Telle, dans son marais, moins prompte et moins rapide,
L'hydre multipliait sous la hache d'Alcide.
La vérité souvent, pour se montrer aux yeux,
De la fable revêt le voile ingénieux :
Cet Hercule, de l'hydre assaillant sans relâche,
Du travail assidu nous impose la tâche.
Travail! heureux besoin, dont un dieu bienfaisant,
Pour embellir la terre, à l'homme fit présent;
Dans le malheur sur-tout tu lui prêtes des armes.
Naguère, dans ces jours et de sang et de larmes;
Où les fils d'Apollon, de Mars et de Plutus,
Montaient sur l'échafaud, coupables de vertus;
Où l'amitié timide, à regret infidelle,
Avant d'oser pleurer, regardait autour d'elle;
Affranchi du poignard, l'infortuné Selmour
Avait caché sa vie en un obscur séjour.
Sa fille sans désirs et sans expérience,
Rose ne connaissait encor que l'innocence :

Compagne de son père, et son unique espoir,
Elle suivait son cœur, en suivant son devoir.
Telle que, du tropique une fleur transplantée,
S'ouvre dans nos climats sous la serre abritée,
Et croit revoir encor le ciel qui lui sourit :
Telle, dans cet asile, où sa beauté fleurit,
Chaque jour se parant d'une grâce nouvelle,
Rose croissait en paix sous l'aile paternelle.
Selmour, à la fatigue endurcissant ses mains,
Au sein de la nature oubliait les humains.
Fécondé par leurs soins, un potager fertile,
Fournissait à tous deux l'agréable et l'utile.
Selmour poussait la bèche ou traînait les râteaux :
Plus faible, sur les fleurs Rose épanchait les eaux;
Soignant les jeunes lis, emblême de son âge;
Sous le jasmin fleuri préparait un ombrage;
Fixait, d'un nœud d'osier, les œillets chancelans,
Et d'un père adoré baisait les cheveux blancs.
  C'est ainsi, qu'ignorés dans ce doux exercice,
Ils laissaient s'écouler ce torrent d'injustice :
Et lorsqu'enfin le sang, du haut des échafauds
Cessa de ruisseler sous le fer des bourreaux;
Qu'à travers le nuage, un rayon d'espérance
Fut venu ranimer les restes de la France ;
Lorsque dans sa retraite on apprit à Selmour,
Qu'après des jours d'orage allait luire un beau jour;
Aux amis dont la foule autour de lui s'empresse,
Montrant son potager, sa fille et sa richesse :
» Mes amis (disait-il, d'ivresse transporté),
» Laissez-moi mon bonheur et mon obscurité »!
Tant la campagne plaît au sage qui l'habite!
  Mais les momens sont chers : et ma muse m'invite

A décorer les lieux, doux objets de mes soins :
De l'art du potager je reprends les leçons ;
Et comme la plus belle a besoin de parure,
De quelques ornemens revêtons la nature.
Mais à l'air du visage ils doivent s'assortir :
Pour plaire au goût, au goût il faut s'assujettir.
Cette fleur, chez Phyllis, fait éclore une grâce :
Sur le front de Daphné, la même fleur grimace.
Ne cherchons point ici d'ornement apprêté :
La plus noble parure est la simplicité.
   Loin, loin de mon enclos le vain luxe de Flore.
L'oranger fastueux, la tulipe inodore,
Du potager fécond doivent être bannis :
J'exile aussi la fleur qui naquit d'Adonis (26),
Et celle qui d'Ajax et du jeune Hyacinthe
S'enorgueillit de voir la fabuleuse empreinte (27) :
La tubéreuse, au front de neige éblouissant,
Le narcisse amoureux, de pâleur languissant,
Tout ce vain appareil de l'orgueil et du faste
Humilîrait mes choux de son choquant contraste.

---

(26) L'anémone.

(27) L'hyacinthe, vulgairement appelée jacinthe, sur laquelle on a cru voir la diphtongue AI, cri que poussa le jeune Hyacinthe en mourant des mains d'Apollon, et première syllabe du nom d'Ajax.

Littera communis mediis pueroque viroque
Inscripta est foliis, hæc nominis, illa querela.
Ovid. Met. liv. XIII.

Une même syllabe y garde, en traits égaux,
La plainte de l'enfant et le nom du héros.

Je hais, sur-tout, je hais le buis inanimé,
Monotone bordure, asile accoutumé
De l'insecte rampant, à figure hideuse,
Qui souille et corrompt tout de sa bave écumeuse;
Et dans le potager répandant son poison,
Se traîne, à pas tardifs, chargé de sa maison.
Ce reptile ennemi qu'à bon droit l'homme écrase,
Des feux d'un double amour chaque printemps s'embrase;
Et sentant à la fois l'un et l'autre désir,
Darde ensemble et reçoit l'aiguillon du plaisir (28).
Pour remplacer du buis la stérile parure,
L'oseille vous fournit sa féconde verdure.
De sa tige épineuse et de son doux carmin,
La framboise parfume et blesse votre main;
Des plaisirs de la vie image naturelle.
En grappes de corail, la groseille étincelle.
Alignez des fraisiers; mais sur-tout faites choix
Du fraisier embaumé qui fleurit tous les mois.
J'aime aussi qu'à son tour, la rose virginale,
Sur un treillage ami, se colore et s'étale.
La rose sied par-tout : c'est la reine des fleurs.
La violette en vain nous cache ses couleurs;
Son parfum la trahit : emblême du poëte
Qu'un loisir studieux attache à la retraite,
Qui, seul avec lui-même, et dans l'obscurité,
Mûrit long-temps sa gloire et sa célébrité.
Que ses bouquets touffus, s'enlaçant en bordure,
Embrassent vos carreaux d'une verte ceinture.
Embellissons sans faste; et que chaque sentier
M'offre par-tout un lit de sable ou de gravier:

---

(28) Tout le monde sait que le limaçon est hermaphrodite.

Ainsi je ne crains rien de ces perles liquides
Que l'aurore répand de ses ailes humides.
Un gazon me plairait ; mais je ne pourrais pas,
Dès le matin sur l'herbe y promener mes pas.
Le muguet printanier, l'odorante jonquille,
Tout ce peuple de fleurs, innombrable famille,
Réunis sous vos lois, peuvent, sans l'outrager,
De leur luxe innocent orner le potager.
Un peu d'art embellit, et trop d'art défigure :
Pour me la faire aimer, déridez la nature.
Ainsi se desséchant sur un ingrat travail,
Ma muse, lasse enfin d'un aride détail,
Par un court épisode égayant sa tristesse,
De l'austère précepte adoucit la rudesse.
  C'est un heureux secret de savoir plaire aux yeux :
Qui sait parler au cœur, sait plaire encore mieux.
Au fond du potager, d'un laurier tutélaire,
J'aimerais à trouver l'asile solitaire :
Un sentier m'y conduit : des pampres enlacés
Serpentent sur mon front en tonnelle tressés ;
Et de ce dôme obscur épaississant le faîte,
Repoussent le soleil et protégent ma tête.
Je marche à la faveur et de l'ombre et du frais :
Le laurier me reçoit sous ses rameaux épais.
Là, fille du silence, et mère du délire,
L'imagination m'accompagne et m'inspire.
Au Virgile français (29), à celui des Romains,
Je dérobe les fleurs qui tombent de leurs mains ;
Et ces débris épars, rebut de l'opulence,
De ma muse honteuse habillent l'indigence.

---

(29) Delille.

De souvenirs touchans, là, je nourris mon cœur ;
Là, ma pensée embrasse ou rêve le bonheur.
Quelquefois, sous la main de la mélancolie,
Mon ame, pour jouir, se ferme et se replie.
Dans un vague abandon je nage, je m'endors :
Les oiseaux vainement modulent leurs accords ;
Je regarde sans voir, j'écoute sans entendre.
Sous ce berceau secret souvent je viens me rendre,
A l'heure matinale où l'astre de la nuit
Se couche, en éveillant l'aurore qui le suit :
Je la vois, à travers l'immobile feuillage,
Dans l'orient serein colorant le nuage,
De sa robe aux Zéphirs abandonner les plis ;
Et je crois assister au réveil de Phyllis.
Et si, par aventure, un ruisseau, dans sa fuite,
Se promenant le long de l'enclos que j'habite,
M'offrait sa double rive où flotte le cresson ;
Si je pouvais y voir le folâtre poisson
Se débattre en mes rêts où son erreur s'expie,
Ou pendre, en fretillant, à ma ligne qui plie ;
Si j'y trouvais le frais d'un bain délicieux. . . .
Non, je n'aurais plus rien à demander aux dieux.
Vœux indiscrets ! au moins d'une simple fontaine
Le pauvre peut toujours arroser son domaine.
Déjà l'été poudreux, brûlant les végétaux,
De la sève épuisée a tari les canaux.
Le lion enflammé, dans des flots de lumière,
Secoue, au haut des cieux, son ardente crinière ;
Phébus presse les airs de son char triomphant :
Le légume halète, et la terre se fend.
Tout se consume et meurt. La chicorée aride
Demande que le ciel verse son urne humide.

Ces radis, desséchés par les feux dévorans,
Pour voir grossir leur tête, appellent les torrens :
Le céleri lui-même, en ses fosses profondes,
Pour blanchir ses tuyaux, sent le besoin des ondes ;
Et, pressant le terrain de son fruit imparfait,
Le melon, de la pluie invoque le bienfait.
Accourez ; hâtez-vous : sur vos tiges mourantes
Epanchez, vers le soir, les eaux rafraîchissantes.
J'ai vu des jardiniers, devançant le soleil,
Abreuver quelquefois la plante à son réveil :
N'attendez pas alors que la cigale entonne
L'éternel grincement de son cri monotone :
Que ce vase léger, d'où sort un long canal,
S'emplisse, en se plongeant dans l'humide cristal ;
Et par les trous nombreux où l'onde se sépare,
Tombe en pluie, et des airs remplace l'urne avare.
Sous l'arrosoir ainsi ranimant leur vigueur,
Vos plants boiront la vie en buvant la fraîcheur.
D'un héros jardinier, que ce doux soin délasse,
A votre souvenir l'image se retrace :
Et quelle main pourrait ne point chérir l'emploi
Dont s'honora la main du vainqueur de Rocroi ?
Fatigué de la cour, las de gloire et d'envie,
Condé, dans Chantilly, goûtait enfin la vie.
Il n'avait plus d'armée ; il lui restait un cœur :
Souvent la gloire ennuie, et jamais le bonheur.
Quelques plantes de choix, les beaux-arts et l'étude,
Ses vertus plus encor, peuplaient sa solitude.
Il veut ; tout s'embellit : de l'heureux Chantilly,
Sous les pas d'un héros, le sol a tressailli.
Le terrain est par lui soumis à la culture :
Comme il dompta l'Ibère, il dompte la nature.

Le docile jasmin se tressait sous ses doigts;
Et ces œillets, tout fiers d'obéir à ses lois,
Sentant avec orgueil la main qui les attache,
D'un luxe de couleurs nuançaient leur panache.
Dans ce noble exercice, il était beau de voir
Les lauriers de Senef couronner l'arrosoir;
Et ces paisibles mains, oubliant leur vaillance,
Faire fleurir encor l'emblême de la France.
  J'ai dit du potager la gloire et les travaux.
Le verger, à son tour (30), accusant mes pinceaux,
Demande que mes vers réparent son injure.
  Les légumes, les fruits, facile nourriture,
Furent les simples mets de nos simples aïeux:
Ils étaient moins polis; ils vivaient plus heureux;
Et la sobriété, que nous avons proscrite,
De la tombe pour eux reculait la limite:
Ils mouraient à la fin, parce qu'il faut mourir.
Maudit soit le premier qui, pour mieux se nourrir,
Dans le sang des taureaux souillant sa main impie,
Fit servir à la mort l'aliment de la vie!
Dès ce jour, les humains, au meurtre accoutumés,
Ont endurci leurs cœurs à la pitié fermés;
Et dans ce siècle, hélas! siècle horrible où nous sommes,
L'homme, sans s'étonner, a bu le sang des hommes!
  Choisissez à Pomone un coin de terre à part:
La déesse des fruits veut briller à l'écart:
La voyez-vous, confuse et justement craintive,
De Priape effronté fuir l'atteinte lascive?
Sa corbeille, en courant, s'échappe de ses mains.
Pour la soustraire au dieu qui préside aux jardins,

---

(30) J'ai séparé le verger du potager; ils se nuisent l'un à l'autre.

Qu'au bout du potager, mais sous la même enceinte,
Vos arbres dans les airs s'élèvent sans contrainte :
Point de ces espaliers (31) tristement alignés,
Superbes indigens, bien tondus, bien peignés,
Que le fer ennemi mutile et déshonore.
De ces nains contrefaits qu'un faux goût se décore :
Nous, de l'humble séjour de la simplicité,
Proscrivons, sans regret, leur inutilité.
Le pauvre est économe, et le riche dépense :
L'un veut la symétrie, et l'autre l'abondance.
J'aime à voir les rameaux de ces arbres mouvans
Céder avec mollesse à l'haleine des vents;
L'été, du haut des airs, où leur tête domine,
Des ombres de leur front rafraîchir leur racine (32);
Et leurs fruits, de plus près regardés du soleil,
Briller d'un coloris plus frais et plus vermeil.
Avant que de ses dons l'arbre vous enrichisse,
Quand il est jeune encore, il faut qu'un fer propice,
Cachant sous son écorce un bourgeon emprunté,
Du sauvageon amer corrige l'âpreté.
La tige s'ennoblit, dépouille sa roture;
Et c'est ici que l'art fait mieux que la nature.
Mais, captif à regret, le bouton, frêle encor,
S'épanouit, s'échappe, en jets a pris l'essor;

---

(31) Le seul avantage des espaliers consiste dans le coup-d'œil et la symétrie. Il est incontestable qu'un arbre à tout vent produit des fruits meilleurs et en plus grande quantité.

(32) Dans les contrées méridionales, sur-tout dans le bas Languedoc et en Provence, on ne voit presque que des arbres à haute tige, qui, projetant des ombres étendues, entretiennent dans l'été la fraîcheur de la racine.

A vos yeux il s'alonge; et bientôt plus robuste,
D'un diadème vert couvre sa tête auguste;
La fleur vient le blanchir; et le tronc étonné
S'enorgueillit du fruit qu'un autre arbre a donné (33).
Plus le prodige est grand, plus l'épreuve est douteuse:
Cet art veut une main adroitement heureuse.
Souvent le plus habile, en un jour malheureux,
De ce stérile hymen assortit mal les nœuds.
Dans son premier séjour la sève trop constante,
Du jardinier confus trompe la longue attente;
Et toujours circulant dans ses mêmes canaux,
Brave l'art, et jaillit en sauvages rameaux.
Telle, avant ses quinze ans, une vierge, étonnée,
A l'insçu de son cœur, conduite à l'hyménée,
Changeant, sans murmurer, d'état et de destin,
A l'époux qui l'attend abandonne sa main.
Souvent cette union, si l'amour la féconde,
Vient s'embellir de fleurs, en fruits heureux abonde;
Et quelquefois aussi (triste et commun revers!)
Ou n'en produit aucun, ou n'en a que d'amers.
Mon verger est formé: la riante Pomone,
Déjà des fruits divers assortit sa couronne.
Vertumne, variant sa couleur et ses traits;
A chaque changement doit de nouveaux attraits.
L'arbre dont Lucullus enrichit sa patrie (34),
Le prunier dès-long-temps conquis sur la Syrie (35),
Décorant tour-à-tour la première saison,
Du pourpre de leurs fruits ont jonché le gazon.

---

(33) *Miraturque novas frondes et non sua poma.*
Virg. Geor. liv. II.

(34) Le cerisier.

(35) Le prunier de Damas.

A ses rameaux courbés la poire suspendue,
Mûre enfin, se détache ; et ma main l'a reçue.
Doux jus dans nos climats, poison chez les Persans ;
La pêche ramollit ses globes jaunissans.
Le vermillon luisant dont l'api se colore,
Me rappelle Phyllis bien plus vermeille encore ;
Et ces pommiers, en vain de longs pieux étayés,
De leurs festons pendans embarrassent mes pieds.
  C'est peu de l'abondance : autour de vos demeures,
Tout doit vous égayer, même le cours des heures.
Pourquoi donc à mes yeux offrir cet instrument
Qui du jour fugitif m'avertit tristement,
Interprète muet, colonne où l'ombre agile
Marque les pas du temps sur l'ardoise immobile ?
Que tout vive et respire au doux séjour des champs :
Une horloge champêtre y doit régler le temps.
Voyez, vers le soleil, la jalouse Clytie (36)
Tourner incessamment sa tête appesantie :
Le dieu qui la trahit, le dieu qu'elle aime encor,
A peine a déployé son diadème d'or ;
La nymphe, à cet aspect, pour cacher son outrage,
De honte et de douleur a baissé son visage ;
Et, cadran naturel du travail matinal,
Au jardinier actif a donné le signal.
Et lorsque de ses feux, déjà loin de leur source,
Le soleil enflammant le milieu de sa course,

---

(36) On sait que Clytie, jalouse de l'amour d'Apollon pour Leucothoé, fut changée en tournesol. Cette fleur, qui présente au soleil une surface étendue, éprouve par l'action de cet astre un raccourcissement de fibres : c'est ce qui a donné lieu à la fable.

Tient, au plus haut des airs, la balance du jour;
Que Clytie abattue en vain languit d'amour;
Alors des simples mets, que vous avez fait naître,
Il est temps de couvrir votre table champêtre.
Mais, pour revoir Téthys sur son char moins ardent,
Phébus se hâte enfin d'atteindre l'occident:
La nymphe, dont le front lentement se relève,
Semble le suivre aux bords où sa course s'achève:
Fermez alors, fermez vos jardins, vos vergers;
C'est l'instant du repos et des songes légers.

Heureux le jardinier qui peut de ses journées
Voir s'écouler ainsi les heures fortunées!
Lui seul il se suffit: qu'a-t-il besoin d'autrui?
Il vit indépendant, et n'appartient qu'à lui.
L'hiver, lorsque Cérès sous les glaçons frissonne:
Lui, dans son potager, à pleines mains moissonne.
Où finit son enclos, là finit son désir:
Que lui faut-il? des fruits? mais il n'a qu'à choisir.
Le pourpier nourrissant, à la feuille dorée,
L'estragon parfumé, la pâle chicorée,
Pénétrés d'huile pure et d'un vin fermenté,
Tempéreront pour lui les ardeurs de l'été.
A ce repas frugal, charmés de le surprendre,
Des grands dans son réduit se plairont à descendre:
Comme autrefois, voilant leur splendeur et leur nom,
Les dieux ont visité Baucis et Philémon.
Arrête; qu'as-tu dit, muse indiscrète et vaine?
Philémon et Baucis! pardonne, la Fontaine (37).

---

(37) Voyez la fable de Philémon et Baucis, rendue par la Fontaine, d'après Ovide.

Ainsi dans ma retraite, aux rives de l'Adour,
Je charmais mes loisirs; quand les Plutus du jour,
Sortis de la poussière, et non de leur bassesse,
Etalant sans pudeur leur sanglante richesse,
Sous la pourpre effrontée, et dans des chars dorés,
Signalaient au mépris leurs noms déshonorés :
Moi, disciple inconnu du traducteur d'Ovide (38),
Qui daignait me servir et de maître et de guide,
Au sein d'une paisible et douce obscurité,
J'ornais l'asile heureux où ma muse a chanté.

---

(38) Tous les amateurs de la littérature connaissent la traduction des Métamorphoses d'Ovide par Saint-Ange. Les six premiers livres qui ont paru, font attendre avec impatience les neuf autres, auxquels l'auteur vient de mettre la dernière main : mais il est à craindre que l'abnégation de notre siècle pour la poésie, n'empêche long-temps le traducteur de jouir du fruit de son travail. En attendant, je me fais un devoir et un plaisir de publier que c'est aux conseils et aux encouragemens de Saint-Ange que je dois le peu que je vaux en poésie.

FIN.

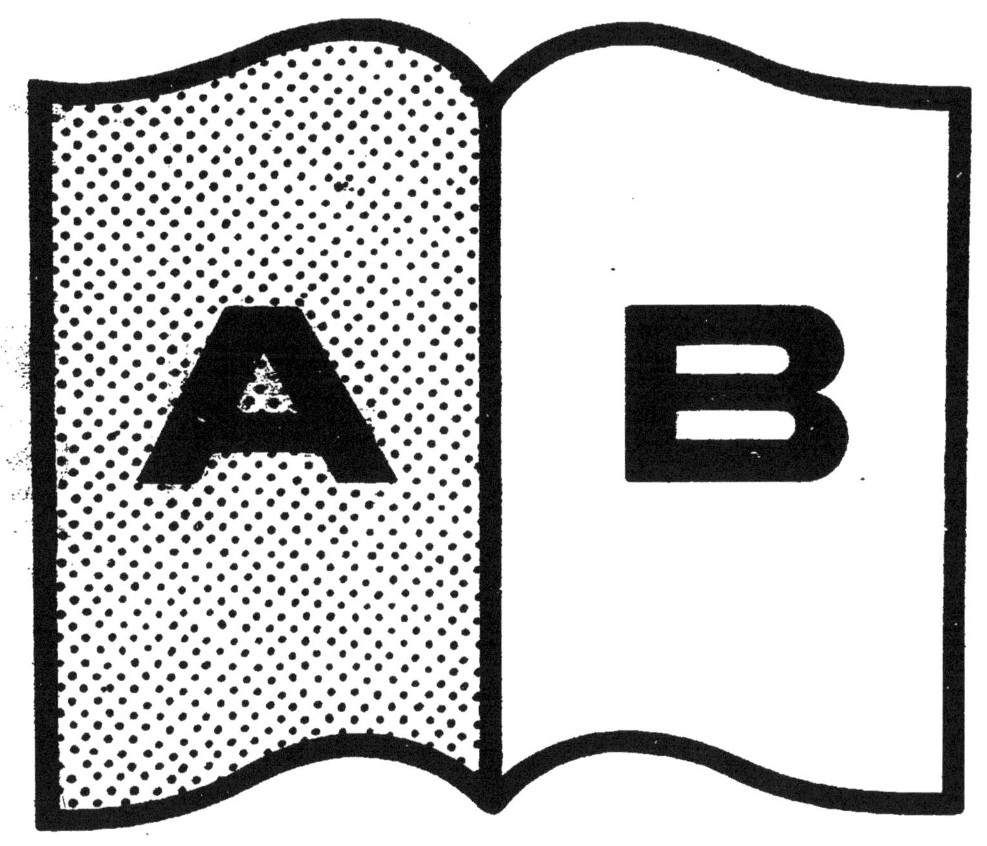

Contraste insuffisant

NF Z 43-120-14

www.ingramcontent.com/pod-product-compliance
Ingram Content Group UK Ltd.
Pitfield, Milton Keynes, MK11 3LW, UK
UKHW020222200726
13856UKWH00004B/1552

9 782013 589536